LETTRE

DU LÉVITE

JOSEPH BEN-JONATHAN,

A

GUILLAUME VADÉ,

Accompagnée de Notes plus utiles.

A AMSTERDAM,

Chez ABRAHAM ROOT.

M. DCC. LXV.

LETTRE
DU LÉVITE
JOSEPH BEN-JONATHAN,
A GUILLAUME VADÉ.

CHRÉTIEN,

Ce n'est pas seulement sur quelques parties des Livres de la Loi, c'est sur l'Ouvrage entier du Législateur que tu parois vouloir répandre des doutes dans ta prétendue *Note utile.* Les objections que tu y proposes, d'après tes Ecrivains, contre l'Histoire du Veau

A ij

d'or, ne font qu'une fuite des difficultés que tu rapportes d'après eux, pour prouver que Moïfe n'eft pas & n'a pu être l'Auteur du Pentateuque.

J'efpérois que R. Mathathaï, après avoir folidement refuté les unes, ne laifferoit pas les autres fans réponfe. Mais puifqu'il femble avoir changé de deffein, je ne craindrai pas d'entrer à fa place dans la lice : il eft des caufes que le plus foible défenfeur peut foutenir avec avantage. Examinons-les donc ces difficultés, & effayons fi un fimple Lévite fuffira pour y répondre.

Oui, Guillaume, il eft vrai : quoique ce foit le fentiment le plus commun & le plus autorifé dans notre Synagogue & dans votre Eglife, que le Pentateuque eft l'Ouvrage de notre Légiflateur, il s'eft trouvé dans l'une & dans l'autre Religion des Savans qui ont prétendu, &, comme tu dis très-bien, *cru* prouver que ces Livres n'ont été rédigés ou même

écrits que par des Auteurs & dans des tems
très-poſtérieurs à Moïſe. Ces Critiques, parmi leſquels on compte plus d'un nom célé-
bre, n'eurent pas tous les mêmes vues ; il y
auroit de l'injuſtice à les confondre.

Les uns, tels qu'Aben-Ezra , Neuton,
Richard Simon , &c. n'en ſoutiennent pas
moins la vérité de la Religion que nous pro-
feſſons , & la certitude de la Révélation faite
à nos Peres : tu leur réponds en peu de mots,
& comme tu peux (1). Les autres, tels que
Wholaſton (2), *Colins, Tindale, Shaftsburi,
Bolinbroke*, &c. ſe propoſent un autre objet :
c'eſt à la Révélation qu'ils en veulent ce n'eſt
que pour la combattre & la détruire, qu'ils
attaquent nos Livres ſacrés. Tu rapportes

(1) Voyez ſur cette matiere les réponſes & les preuves d'Ab-
badie , tout autrement ſolides.

(2) *Wholaſton*. Il falloit dire *Woolſton*. Wholaſton étoit un
ſavant & pieux Eccléſiaſtique Anglois , qui a donné une *Ebau-
che de la Religion Naturelle* ; mais qui n'a jamais écrit, ni
eu deſſein d'écrire contre la Religion révélée : on doit être
ſurpris de le trouver ici en auſſi mauvaiſe compagnie. C'eſt
probablement encore une méprise de M. Vadé : la reſſemblan-
ce du nom le lui aura fait confondre avec Voolſthon, fameux
incrédule de la même Nation, & très-digne d'être aſſocié aux
Colins & aux *Tindale*.

A iij

leurs difficultés, & tu n'y réponds rien : d'où vient cette différence ?

Tu prétends même qu'il est inutile d'y répondre, parce que *tout a été dit dès long-tems sur cette matiere.* Mais s'il est inutile de les réfuter, quelle utilité pouvoit-il y avoir à remplir ta longue note de leurs objections ? C'est peut-être là un de ces endroits qui rendent suspectes à plusieurs de tes Chrétiens les protestations de soumission à l'autorité qu'on rencontre de tems en tems dans tes Ecrits. En effet, montrer les difficultés, & cacher les réponses, Guillaume, n'est-ce pas donner quelque prise aux soupçons ?

Quoi qu'il en soit, voyons si les trois grandes objections que tu t'es donné la peine de transcrire, ont en effet quelque solidité.

7

§. I.

Premiere Objection , tirée des matières qu'on employoit pour écrire du tems de Moïse.

L'art de graver ses pensées sur la pierre polie, sur la brique & sur le plomb ou sur le bois , étoit alors , disent les Critiques , la seule manière d'écrire; & du tems de Moïse les Egyptiens & les Chaldéens n'écrivoient pas autrement. Donc Moïse n'est pas l'Auteur du Pentateuque.

Appelles-tu cela, Guillaume, un raisonnement solide ? Je n'y vois pour moi qu'une conséquence mal déduite d'un principe très-incertain.

Conséquence mal déduite. Car, quand il seroit vrai que graver ses pensées sur ces dures & embarrassantes matières, fût alors la seule maniere d'écrire, s'ensuivroit-il que Moïse n'auroit pu être l'Auteur du Pentateuque ?

A iv

Quelle impoſſibilité métaphyſique , phyſique ou morale y avoit-il qu'il gravât ſur la pierre ; ou , ſi la pierre lui paroiſſoit trop incommode & trop dure , ſur le plomb ; & , au défaut de plomb , ſur le bois ?

Principe incertain. En effet , quelles preuves ces Ecrivains peuvent-ils en apporter ? Ont-ils de ces tems-là des Mémoires ſecrets qu'ils aient lus , & que tous les Savans aient ignorés ?

L'art de graver ſes penſées ſur la pierre , ſur le bois , &c. étoit la ſeule maniere d'écrire. Quoi ! on ſavoit alors , & *dès long-tems* , graver ſes penſées , & on ignoroit l'art de les peindre ? On avoit inventé pour les graver , des inſtrumens de cuivre ou d'acier ; & l'on n'avoit pas trouvé pour les peindre , les couleurs que la Nature nous met par-tout ſous les mains , juſques dans les ſucs des plantes & des fruits ? Cet art ſi commode , & devenu depuis ſi commun , quand commença-t-il donc à être connu & mis en ufage dans ces contrées ? Tes grands Critiques pourroient-ils bien nous le dire avec quelque certitude ? Les Chinois, les Mexicains l'ont connu dès les premiers tems de leur Empire ; & les Egyptiens, les Chaldéens l'auroient ignoré ? Non, Guillaume. Les Momies Egyptiennes, où l'on trouve des caractères hiéroglyphiques, font, fans doute, d'une haute antiquité. Or ces caractères s'y voient non-feulement gravés fur la pierre & fur les métaux, mais peints fur des bandes de toile. Il n'eft donc ni certain, ni même vrai-femblable, que *l'art de graver fes penfées fût alors la feule manière d'écrire*. Mais, fuppofé même qu'on ne fçût point encore employer les couleurs pour écrire, ou qu'on n'en fît point ufage, fur quelle autorité fe fondent ces Ecrivains pour reftreindre à la pierre, au bois & aux métaux, les matières fur lefquelles on gravoit l'écriture ? D'où favent-ils que dans l'Egypte & dans la Chaldée, on

ne la gravoit pas fur l'écorce de quelques ar-
bres, fur les feuilles de palmier, &c. comme
on l'a pratiqué long-tems dans les Indes &
dans la Chine? En ont-ils quelque preuve?
Aucune. Leur principe eft donc incertain; or
des conjectures incertaines, vagues, mal fon-
dées ne font pas des difficultés à oppofer à
des faits.

Mais c'eft trop peu de dire que leur principe eft incertain; j'ajoute que le contraire n'eft
pas douteux; & ce n'eft pas moi, c'eft le fa-
vant Comte de Caylus qui va te l'apprendre.
» Il (1) n'eft pas douteux, dit-il, que l'écritu-
» re une fois trouvée, n'ait été employée fur
» tout ce qui pouvoit la recevoir. Entends-tu,
Guillaume? Ce n'étoit donc pas feulement fur
la pierre, fur les métaux & fur le bois qu'on
écrivoit; c'étoit fur tout ce qui pouvoit recevoir l'écriture. Voilà ce que dicte la rai-

____

(1) Voyez les Mémoires de l'Académie des Infcriptions &
Belles-Lettres,

son éclairée par la connoissance des arts, &
par l'étude des anciens tems. » Les matieres,
» ajoute l'illustre Académicien, ont varié se-
» lon les pays. On peut dire cependant qu'on
» aura préféré pour une chose si nécessai-
» re, ce qu'il y avoit de plus commun ou de
» plus facile à transporter. » Tous les peuples l'auront préféré sans doute. Mais,
par un travers d'esprit inconcevable dans
toute autre Nation, les Egyptiens & les
Chaldéens, précisément dans le tems de Moïse, auront fait tout le contraire, & auront
préféré les matières les plus embarrassantes,
& du plus difficile transport. Qui le croira ?
Il finit par une réflexion que je ne dois point
omettre ici. » Si l'on a gravé, dit-il, sur la
» pierre & sur les métaux, c'étoit des Monu-
» mens publics. » Réflexion judicieuse, & qui
suffiroit seule pour répondre à ceux qui croi-
roient, comme ton Quaker, que du tems de

Moïse on n'écrivoit que sur la pierre. (1)

Le principe de tes Critiques est donc in-certain ou même faux : d'ailleurs la consé-quence qu'ils en tirent est très-mal déduite. Ainsi juges ce que devient leur raisonne-ment.

§. II.

Seconde Objection , tirée des Caractères qu'on employoit pour écrire du tems de Moïse.

Du tems de Moïse , disent tes Ecrivains , on n'écrivoit qu'en hiéroglyphes. Or, en em-

(1) *On n'écrivoit que sur la pierre* : j'aimerois autant dire qu'on ne tailloit que le Granite , & qu'on ne bâtissoit que des Pyramides. Mais encore comment ce Quaker s'y prend-il pour le prouver ? Ecoutons-le. *Tu ne devrois pas ignorer*, dit-il à l'Evêque Georges , *que l'on n'écrivoit alors que sur la pierre, puisqu'il est dit dans Josué, qu'il écrivit sur des pierres le Deu-téronôme.* Belle conséquence ! C'est comme si l'on disoit : *Le Traité fait il y a quelques années entre les Russes & les Chinois, sur les frontières des deux Empires, fut écrit sur la pierre : donc, il y a quelques années, les Russes n'écrivoient que sur la pierre, & les Chinois n'avoient ni encre ni papier.* Le plai-sant raisonneur que ce Quaker, qui conclut du particulier au général ! Conclusion de Poëte ou de Trembleur. Si l'on n'é-crivoit que sur la pierre du tems de Moïse, n'étoit-il pas inutile d'observer que le Décalogue & le Deutéronôme furent écrits sur la pierre, puisqu'on n'écrivoit pas autrement ? Et pourquoi étant si souvent question d'écriture dans le Penta-

ployant les Caracteres hieroglyphiques on n'auroit pu écrire que d'une maniere très-abrégée la subſtance des choſes qu'on vouloit tranſmettre à la poſtérité, & non pas des Hiſtoires détaillées. Donc, &c.

Cette objection auroit quelque force, ſans doute, ſi les deux propoſitions ſur leſquelles porte ce raiſonnement, étoient auſſi ſolidement prouvées qu'elles ſont avancées avec confiance. Mais il y a un malheur pour tes Critiques; c'eſt que l'une eſt fauſſe, & que l'autre n'eſt pas vraie.

Non, Guillaume, il n'eſt pas vrai que du tems de Moïſe on n'écrivoit qu'en hiérogly-phes : il eſt certain, au contraire, que dès lors les Lettres alphabétiques étoient connues.

tenque, n'eſt-il parlé d'écrire ſur la pierre que dans ces deux occaſions ? Enfin, quand Joſué fit écrire le Deutéronôme par ſes Graveurs, il faut dire qu'il eut la patience & le loiſir de le leur dicter de vive voix (ce qui n'eſt pas croyable), ou qu'il le leur donna écrit ſur une autre matiere ; autrement c'eût été un double emploi. Donc on n'écrivoit pas ſeulement ſur la pierre.

Ne difons pas que les anciens Peuples en ont regardé l'invention comme de la plus haute antiquité ; que les Affyriens les croyoient auffi anciennes que leur Empire , & que plufieurs Savans leur font honneur de cette découverte, que les Egyptiens regardoient leur Thaut comme en ayant été l'Inventeur, eux qui n'attribuoient à leurs Dieux l'invention d'aucune chofe dont l'origine leur fût connue : que , felon quelques Savans, Cécrops , Roi d'Athènes , antérieur aux tems de Moïfe , fut le premier qui communiqua aux Grecs la connoiffance des Caractères Alphabétiques ; & que , felon d'autres , les Pélafges avoient leur Alphabet particulier , même avant l'arrivée de ce Prince dans la Grèce (1).

Quoi qu'il en foit de ces opinions, dont l'accord & même les variétés prouvent l'an-

______

(1) Voyez les Mémoires de l'Académie des Infcriptions. Mémoire de M. Freret.

cienneté de cette découverte, voici deux faits dont presque tous les Savans conviennent : l'un que Cadmus porta de la Phénicie dans la Grèce des caractères alphabétiques ; l'autre (1), que ce Prince vécut au plus tard peu de tems après Moïse ; ce qui suffit : car apparemment Cadmus n'étoit pas là tout prêt à s'embarquer avec sa colonie au moment de la découverte. Il n'est pas douteux qu'elle étoit déjà publique, répandue, & qu'on en avoit senti tous les avantages, lorsqu'il partit pour la Grèce, & qu'il l'y porta par occasion.

S'il étoit besoin de rapporter des autorités pour établir des faits aussi certains, quelle foule de témoignages ne pourroit-on pas citer des Auteurs anciens & modernes, les plus profondément versés dans la connoissance de l'an-

(1) *L'autre que ce Prince.* Neuton rejette le départ de Cadmus pour la Grèce jusqu'au tems de David. Mais on sait que son système chronologique a été pleinement réfuté par divers Ecrivains, & sur-tout par le savant Académicien que nous venons de nommer.

tiquité? N'oppofons que des Anglois aux Anglois que tu copies; Walton, Usher, Marsham, Warburton. Quels noms! Mets-les dans la balance, & vois qui doit l'emporter de ces Savans, ou de Bolinbroke & Shaftsburi, beaux Efprits, Ecrivains agréables, j'en conviens, mais peu exercés dans ces épineufes recherches; & de Woolfton, Colins & Tindale, convaincus tant de fois par leurs Compatriotes d'ignorance & de bévues.

Or de ces deux faits, fur lefquels tant de Savans font d'accord, que réfulte-t-il, finon que la premiere propofition de tes Critiques, loin d'être vraie, n'eft pas même probable.

Paffons donc à la feconde, & commençons par obferver que les Caractères de l'écriture repréfentative & hiéroglyphique éprouverent divers changemens, & pafferent fucceffivement par différens états. D'abord on deffina les objets tels qu'on les voyoit dans la Nature; & ce fut-là probablement la premiere

miere écriture des anciens Peuples, Egyptiens, Chinois, Chaldéens, &c. C'eſt même
encore aujourd'hui celle de pluſieurs Nations
Sauvages de l'Amérique. Dans la ſuite on
ſe contenta de tracer le ſimple contour de
ces objets, ou même de quelques-unes de
leurs parties. Enfin on ſe borna aux lignes
les plus néceſſaires pour les déſigner, ou
même à dè ſimples marques qui en expri-
moient la nature, les qualités & les circonſ-
tances. Telle eſt encore actuéllement, ſelon
quelques Savans, l'écriture des Chinois, &
telle paroît avoir été pendant long-tems celle des anciens Peuples; juſqu'à ce que, par
un heureux effort de génie, on eût imaginé
de deſſiner, non plus les objets des penſées,
mais les ſignes de ces penſées, c'eſt-à-dire,
les ſons articulés, ou les paroles qui nous les
rappellent.

Ce principe établi, ſuppoſons que Moïſe
n'ait effectivement connu que quelques caractères

hiéroglyphiques, est-il vrai qu'en employant ces caractères, il n'auroit pu écrire que la substance des faits, & non pas une Histoire suivie & d'un certain détail ?

Je comprends bien qu'il aura fallu bannir de cette Histoire les descriptions plus pompeuses qu'exactes, les pensées plus brillantes que solides, les portraits faux, les jugemens dictés par la précipitation, l'ignorance & la partialité. Aussi n'y trouve-t-on rien de semblable : tout y est simple & concis. Et si c'étoit-là le seul inconvénient de l'écriture hiéroglyphique, n'y auroit-il pas lieu de regretter d'en avoir perdu l'usage ? Que de préjugés & d'erreurs, sans compter l'ennui, tant d'Historiens auroient épargné à leurs Lecteurs !

Mais je ne vois point qu'en employant ces Caractères, on ne pût écrire une Histoire suivie & détaillée jusqu'à un certain point. Les Mexicains ne connoissoient que la pre-

miere écriture repréſentative ; ils avoient
pourtant leur Hiſtoire, (1) depuis leur en-
trée dans le Pays, juſqu'au tems où les Eu-
ropéens vinrent renverſer leur Empire. Que
s'il n'étoit point impoſſible d'avoir des Hiſtoires ſuivies, avec la premiere écriture repréſentative & hiéroglyphique, à plus forte
raiſon ne l'étoit-il pas dans la ſeconde, &
moins encore dans la troiſieme, c'eſt-à-dire,
dans l'hiéroglyphique courant, que Moïſe
a ſans doute connu. Les Chinois ont des
Hiſtoires ſuivies ; cependant leur écriture,
comme nous venons de le dire, n'eſt que
cette troiſieme maniere hiéroglyphique, ou
du moins elle en approche beaucoup (2).

Donc, en ſuppoſant même (ce qui n'eſt
pas vrai) que du tems de Moïſe, on ne fît

(1) Voyez les Mémoires de l'Académie des Belles-Lettres. Il
y eſt rapporté que l'on conſerve encore dans quelques Cabi-
nets des fragmens de ces Hiſtoires, peints ſur des toiles. La
plûpart de ces précieux monumens furent brûlés par les Con-
quérans Eſpagnols, qui les prirent pour des Livres de Magie.
(2) Voyez le Mémoire de M. de Guignes. Ce Savant y aſſure
auſſi que dans l'écriture Chinoiſe un ſeul caractère ſignifie ſouvent
pluſieurs mots, & quelquefois des propoſitions entieres. L'é-

uſage que des hiéroglyphes, il ne lui auroit pas été impoſſible d'écrire le Pentateuque.

§. III.

Troiſieme & derniere objection, tirée du Déſert & de l'indigence où les Iſraëlites s'y trouvoient.

Il n'étoit pas poſſible, diſent-ils encore, *de graver de gros Livres dans un Déſert où tout manquoit.*

Oui, de gros Livres, de ces Livres de douze, de quinze volumes in-folio, qu'on voit dans vos Bibliothéques ; le Talmud, par exemple, l'Encyclopédie, ou tel autre Ouvrage de cette force. Mais, Guillaume, en comparaiſon le Pentateuque eſt un petit Livre.

écriture hiéroglyphique, au moins celle de la troiſiéme maniere, pourroit donc être regardée comme une écriture plus abrégée même que l'alphabétique. Ainſi il s'en faudroit bien que les caractères hiéroglyphiques euſſent été pour Moïſe un obſtacle qui l'eût empêché d'écrire les cinq Livres qu'on lui attribue : c'eût été préciſément le contraire.

Que dis-je, le Pentateuque ? Il faut en retrancher peut-être toute la Génèfe : car comment prouverois-tu que Moïſe ne l'avoit pas écrite avant de ſortir de l'Egypte ? Au moins n'y faut-il pas comprendre le Deutéronôme, que Joſué, ſelon ton Quaker, fit graver ſur la pierre. Sur quoi voici comme je raiſonne. Joſué fit graver ſur la pierre le Deutéronôme, qui eſt au moins la cinquieme partie du Pentateuque : donc Moïſe put auſſi faire graver le reſte même ſur la pierre. Il ne s'agiſſoit que d'y mettre quatre fois plus de tems.

Mais, diſent tes Ecrivains, *c'eſt préciſément l'embarras. Car comment trouver ce tems dans un Déſert où l'on changeoit ſi ſouvent de demeure ?* Pas ſi ſouvent, Guillaume. On ſait quelle route les Iſraëlites y firent, elle eſt exactement marquée dans les Livres de Moïſe. Donnons-leur, ſi tu veux, dix ans de marche pour la faire ; c'eſt beaucoup, &

trop affurément (1). Il reftera pourtant encore trente ans de féjour. Crois-tu qu'en trente ans on ne pourroit pas graver, même fur la pierre, trois ou quatre Livres auffi courts que ceux de la Loi?

Mais comment trouver tant de graveurs dans ce Défert, où l'on n'avoit perfonne qui pût fournir des vêtemens, ni les tailler, ni même raccommoder les fandales ; où l'on manquoit des Arts les plus néceffaires, où l'on ne pouvoit même faire du pain ?

Tant de graveurs ! Eh ! Guillaume, en falloit-il tant ? N'étoit-ce pas affez d'une douzaine pour graver en trente ans, même fur la pierre, & en Hiéroglyphes, trois ou quatre Livres du Pentateuque ? Que s'ils ne furent gravés que fur le bois, comme tes Ecrivains conviennent eux-mêmes qu'ils purent l'être

-----

(1) *Trop affurément.* Les différentes matches des Ifraëlites dans le Défert, évaluées, ne donnent qu'un total de quatre cent cinquante lieues, qu'ils purent fans doute faire en moins de dix ans, fans aller fort vîte.

& en caractères alphabétiques comme je l'ai prouvé, juge combien il aura fallu moins de tems & de graveurs.

Dans un Désert où l'on manquoit des Arts les plus nécessaires, où l'on ne pouvoit même faire du pain (1). Mais, Guillaume, pourquoi n'en pouvoit-on pas faire? Etoit-ce parce qu'on avoit perdu l'art de la boulangerie? Point du tout : c'eft qu'on n'avoit point de farine. Il en eft de même des autres Arts dont tu parles. Ce n'étoit ni de Cordonniers, ni de Tailleurs, mais de cuirs & d'étoffes qu'on manquoit, fuppofé qu'on en manquât. Les matieres propres à être em-

(1) *Faire du pain.* Admirez la juftelle de ce raifonnement. Les *Ifraëlites* dans le *Défert, faute de pain; vivoient de mâne :* donc ils avoient perdu l'art de la boulangerie. *Ils n'avoient ni cuirs, ni étoffes : donc ils manquoient de Tailleurs & de Cordonniers : donc Moïfe n'eft pas l'auteur du Pantateuque.* N'eft-ce pas là raifonner très-philofophiquement?

Si je difois : *Probablement les Hébreux, qui n'avoient point de Boulangers dans le Défert, n'avoient pas non plus de cuifiniers ; donc quand il tomba des cailles dans leur camp, elles y tomberent toutes rôties, ou ils les mangerent toutes crues ; donc ils ont fait cuire Agag, & mangé de la chair humaine ;* ce ne feroit qu'une foible imitation de l'excellente & fine Dialectique de ces favans Ecrivains.

ployées avoient peut-être été confommées:
mais les Arts & les ouvriers reftoient. Pourquoi ne feroit-il donc plus refté de graveurs
de caractères, artiftes fi néceffaires, fur-tout
dans ton hypothèfe ? Il y a, ce me femble,
d'autant moins lieu de le croire, que dans
ce Défert on ne manquoit apparemment ni
de bois, ni de pierres pour graver, quoi-
qu'on pût y *manquer d'étoffes pour faire des*
habits, & de cuirs pour raccommoder les fan-
dales.

D'ailleurs, fi Moïfe manquoit de graveurs,
comment Jofué fit-il pour en trouver ? Crois-
tu qu'il en ait fait venir des Royaumès d'Og
& de Sehon ; ou qu'il ait envoyé fes Ifraëlites
apprendre à graver dans les Villes d'Haï &
de Jéricho ?

Ajoutons que la Loi, ou du moins une
grande partie de la Loi fut probablement
écrite près du Mont Sinaï, où Dieu la don-
nant par parties à Moïfe, lui recommandoit

souvent d'aller écrire soigneusement tout ce qu'il venoit de lui ordonner. Or les Israëlites arriverent au Mont Sinaï quarante-huit jours après leur sortie d'Egypte. Crois-tu qu'ils n'avoient déjà plus de graveurs en arrivant au pied de cette montagne, ou qu'ils les perdirent tous avant d'en partir? Quoi! tu ne veux pas leur en laisser quelques-uns, du moins jusqu'à Cades-Barné, où pendant le long séjour qu'on y fit ils auroient pu former des éleves? Non, maîtres & éleves, il faut que tout meure. Oh! Guillaume! avoue qu'il est dur d'être obligé de tuer tant de gens pour se tirer d'embarras. Laisse-les plutôt vivre, & conviens que nos Peres dans le Désert n'avoient perdu ni tous les Arts, ni tous leurs Artistes: cela est beaucoup plus naturel & plus dans l'ordre commun des choses.

Ainsi Moïse dans le Désert ne manqua pas de Graveurs de caractères: il n'y manqua ni de tems, ni de pierres, ni de bois pour graver. Donc, même dans les fauſſes hypothèſes de tes Ecrivains, le ſéjour des Hébreux dans le Déſert n'étoit point un obſtacle qui pût l'empêcher d'écrire le Pentateuque.

CONCLUSION.

Voilà, Guillaume, les trois grandes objections de tes doctes Auteurs réſolues. Tu trouveras peut-être qu'en les réfutant, j'ai pris un ſtyle trop peu ſérieux pour des matieres ſi graves : mais comment répondre ſérieuſement à d'auſſi ridicules Paralogiſmes? Qu'on les trouve dans les Ecrits de Woolſton & Tindale ; on n'en eſt pas ſurpris, le caractère de ces Ecrivains eſt connu : mais qu'un homme tel que toi n'ait pas dédaigné de les tranſcrire, qu'il les préſente à ſes Lecteurs comme des obſervations utiles, qu'il ſe ſoit abaiſſé à coudre ces vils lambeaux à fon texte, voilà ce que nous ne pouvons comprendre.

Tu diras peut-être que ces *Notes* (1) ne font pas ton Ouvrage. Je le crois. Mais que penferons-nous du texte ? Tu ne le défavoue-ras pas fans doute : ce feroit renoncer au plus beau de tes triomphes, à la gloire que tu t'attribues, gloire fi touchante & fi flat-teufe, d'avoir le premier élevé la voix en faveur de l'innocence injuftement flétrie. O! fi tu t'étois borné à peindre des plus noires couleurs la Superftition aveugle & le Fana-tifme barbare ; fi tu n'avois fait que prêcher l'humanité, la douceur, la bienveillance en-vers tous les hommes & tous les Peuples ! le Peuple Hébreu, à qui elle eft plus nécef-faire qu'à tout autre, n'auroit pu qu'applau-

(1) *Ces Notes*. A qui ces Notes pourroient elles en impofer ou plaire ? Aux hommes inftruits ? non affurément : tout au plus à la *tourbe des mécréans* (*a*) de la Capitale & à ce tas de petits Philofophiftes de Province, qui fe croient de grands Hommes, quand ils ont pu faire quelque froide raillerie fur leur Re-ligion & fur leurs Prêtres.

(*a*) *La tourbe des mécréans*, expreffion d'Amyot.

dir à ton zèle : mais que d'ivraie tu as fe-
mé parmi le bon grain !

Adieu, Guillaume ; fans rancune : puiffes-
tu reconnoître un jour tes erreurs & les ré-
former ! Puiffe un jour le Couteau facré faire de toi un digne Membre de la Synagogue ! Ce font les vœux ardens que forme
pour toi, malgré ta haine contre nous, ton
fincere admirateur,

JOSEPH BEN-JONATHAN.

A Utrecht, le 30 de la Lune d'Ijar.